PANÉGYRIQUE

DE

SAINT LOUIS,

ROI DE FRANCE,

PRONONCÉ LE 25 AOUT 1824,
DEVANT MESSIEURS DE L'ACADÉMIE FRANÇAISE, ETC.,
DANS L'ÉGLISE DE S.-GERMAIN-L'AUXERROIS;

PAR M. L'ABBÉ LABOUDERIE,
VICAIRE GÉNÉRAL D'AVIGNON,
CHANOINE HONORAIRE DE SAINT-FLOUR,
CHEVALIER DE MALTE,
MEMBRE DE PLUSIEURS ACADÉMIES ET SOCIÉTÉS SAVANTES.

PARIS,
DE L'IMPRIMERIE DE RIGNOUX,
RUE DES FRANCS-BOURGEOIS-S.-MICHEL, N° 8.
M. DCCC XXIV.

PANÉGYRIQUE
DE
SAINT LOUIS.

Cum justitiâ judicat, et pugnat.

Il juge et il combat avec justice. (APOCAL., C. XIX, V. 11.)

MESSIEURS,

BIEN que ces paroles appartiennent en propre au Fils de l'homme, que l'Esprit-Saint appelle le juste, le fidèle et le véritable par essence, ce n'est point une profanation de les transporter par emprunt à ceux qui le représentent immédiatement, et qui sont ses images les plus parfaites. Alors même tout l'honneur qui les accompagne et qu'elles communiquent, dérive de Jésus-Christ, et retourne à Jésus-Christ, comme la justice, la fidélité et la vérité elles-mêmes. C'est reconnoître dans un ruisseau la source dont il émane et qui sert à l'alimenter.

Or, à qui ces magnifiques paroles peuvent-elles

être transportées avec plus de raison qu'à saint Louis, roi de France? Depuis l'origine des sociétés, l'Histoire ne nous offre aucun roi qui ait jugé et combattu plus justement que lui : il a égalé en sagesse les plus célèbres législateurs; il a fait régner avec lui l'équité et la religion. Dans les combats, il a donné des preuves de vaillance dont pourroient s'enorgueillir les plus renommés capitaines. Terrible au fort de la mêlée, après la bataille il s'est montré généreux envers les vaincus. Clément et miséricordieux par sentiment, il n'en a pas moins tenu le sceptre d'une main ferme et vigoureuse. Il a conservé inviolablement contre les prétentions de deux pontifes [1] qu'il défendoit et qu'il protégeoit, les libertés de l'église gallicane, qui ne sont que le droit commun et les maximes de tous les siècles : il a augmenté les priviléges de ses peuples sans avilir le diadème, sans lui rien ôter de sa splendeur. Passant presque sa vie dans les camps, il n'est aucune partie de l'administration à laquelle il n'ait imprimé le sceau du génie et de l'immortalité. Également habile à faire la guerre et à gouverner pendant la paix, il a réuni en sa personne tout ce qui constitue le

[1] Innocent IV et Clément IV. Exposé d'un ambassadeur de saint Louis en 1247. Pragmatique publiée en 1268 : elle fut confirmée par les ordonnances de Louis X, ou le Hutin.

roi parfait. Dans la bonne et dans la mauvaise fortune il a déployé une constance, une élévation de caractère dont il étoit redevable à la nature, et bien plus encore à l'influence du christianisme. Et de lui aussi on pouvoit dire, avec l'ange de l'Apocalypse : *Il porte écrit un nom que nul autre que lui ne connoît.*

Tel est, Messieurs, le saint monarque dont vous m'avez chargé de célébrer devant vous le mérite éminent. J'avoue sans détour que la tâche qui m'a été imposée est beaucoup au-dessus de mes forces: j'en sens toute la difficulté.

Depuis long-temps les chaires ont retenti des louanges de saint Louis, et la matière semble épuisée. Il est impossible de découvrir aucun trait de la vie de ce grand homme qui ne soit connu de tout le monde; d'imaginer une tournure qui déjà n'ait été souvent employée; de rien dire de neuf qui puisse piquer la curiosité et réveiller l'attention. Je serois peut-être encore plus effrayé par la présence seule de la compagnie savante, la plus illustre de l'univers, dépositaire des saines doctrines sur l'art oratoire, juge suprême du bon goût, si je ne savois que ceux qui sont parvenus au faîte de la gloire littéraire sont rarement sévères; que ceux qui ont acquis le droit de juger avec le plus de rigueur se montrent ordinairement les plus indulgents. Au reste, je puis dire comme l'Apôtre, que *je ne viens point ici avec les discours élevés de l'éloquence et de la sagesse humaine, et que je ne fais profession de savoir autre chose parmi vous que Jésus-Christ, et Jésus-Christ crucifié* [1].

N'attendez pas, Messieurs, de trouver dans mon discours le tableau complet des innombrables événements qui ont illustré le règne de saint Louis, et des actes de vertu qui ont honoré sa vie. C'est en vain que j'aurois fait des efforts pour atteindre la hauteur de mon sujet ; je ne puis en tracer qu'une légère esquisse. Je vous la présente avec simplicité. Saint Louis fut juste et magnanime dans la paix et dans la guerre. *Cum justitiâ judicat, et pugnat.*

Puisse ce foible hommage rendu au saint patron de l'Académie française ramener la pensée sur l'auguste protecteur de cette illustre compagnie, sur tout ce que nous assure de biens une vertu si long-temps et si cruellement éprouvée à l'école de l'adversité; une vertu qui peut se rendre à la face de l'univers l'incontestable témoignage *que le temps n'a pu la changer, que le malheur n'a pu la fatiguer, que l'injustice n'a pu l'abattre!*

[1] I, Corinth., II, 1, 2.

I.

C'est dans l'état de paix qu'un roi magnanime déploie son caractère et se montre tel qu'il est. Au dehors, il fait respecter sa nation par l'ascendant de sa vertu; au dedans, il la rend heureuse par un sage gouvernement. Il retranche le faste, il proscrit la mollesse et tout ce qui ne sert qu'à flatter les vices. Il protège, il encourage les arts qui sont utiles aux véritables besoins de la vie, et surtout l'agriculture, qui répand l'abondance et la prospérité. Par-là, il en fait une nation laborieuse, simple dans ses mœurs, accoutumée à vivre de peu, pourvoyant facilement au nécessaire; une nation innombrable, saine, vigoureuse, robuste, qui fuit les voluptés, qui est exercée à la fatigue, qui pratique la sobriété, qui n'est point attachée aux douceurs d'une vie lâche et délicate, qui sait mépriser les délices de la corruption; qui aimeroit mieux mourir que de se laisser ravir cette liberté modérée dont elle jouit sous un roi éclairé qui n'est appliqué à régner que pour faire régner la justice et la religion. Ce portrait d'un roi pacifique, tracé en partie d'après Fénélon [1],

[1] Télémaque, liv. v, p. 130, t. 1, édit. de M. Rignoux. Paris, 1824, 2 vol. in-8°.

n'est point idéal ; on croiroit que saint Louis en a fourni le modèle : on ne tardera pas à s'en convaincre.

Avant qu'il montât sur le trône, la France gémissoit sous le poids accablant des abus les plus énormes. Elle étoit en proie à la rapacité la plus effrénée ; et quiconque étoit assez fort ou assez adroit pour s'approprier les dépouilles d'autrui pouvoit compter sur l'impunité. Chaque ordre supérieur avoit ses intérêts distincts et formoit un état séparé dans l'état. Ce n'étoit que prétentions exorbitantes de la part des leudes et des prélats, sans autre titre pour les faire valoir que la violence ou l'artifice. La féodalité produisoit l'anarchie ; et le monarque, sans autorité réelle et sans considération, n'étoit que le premier parmi ses égaux. Nul ne remplissoit son devoir, parce que chacun n'étoit occupé que de ses droits ou de ses chimères. Le même désordre se faisoit sentir dans toutes les classes de la société et dans toutes les branches de l'administration. Un mal invétéré s'étoit emparé de tous les membres du corps politique et les avoit corrompus.

Saint Louis porta la réforme partout ; et le royaume, pour me servir des expressions du sire de Joinville, fut beaucoup *amendé*. Il imprima à tous les rouages de la machine politique le mouvement et la vie ; il la fit marcher aussi bien que pouvoient le permettre les malheurs des temps. Ce monarque possédoit éminemment tout ce qu'il falloit pour illustrer son siècle et pour régir ses états. Laborieux, modéré, actif, réfléchi, tolérant, religieux, équitable, pénétrant, instruit plus qu'on ne l'étoit alors, il réunissoit en lui, par le plus étonnant contraste, les vertus et les qualités qui semblent ne devoir jamais se rencontrer ensemble. Voyant tout en masse et d'un coup-d'œil, il ne craignoit pas de se rapetisser en entrant dans les détails qui paroissent les plus minutieux. S'élançant, dans la hardiesse de son vol, vers la sphère des lumières au-dessus du reste des hommes; mesurant sans peine et sans efforts la vaste étendue des obligations que lui imposoit le rang suprême, il ne dédaignoit pas de redescendre au milieu de son peuple et de l'interroger sur ses moindres besoins. Persuadé que, si la sévérité dégénère parfois en tyrannie, l'excessive clémence dans les rois devient cruauté, il punissoit et pardonnoit à propos. Dévoré de l'amour du bien public, il lui sacrifioit ses inclinations les plus chères, et ne croyoit jamais avoir assez fait. Habile à tirer parti de tous les genres de mérite, il savoit les découvrir dans l'obscurité, et placer chacun au poste qu'il étoit capable d'occuper. Modeste dans sa vie privée, il s'entouroit de pompe et de magnificence dans les cérémonies et les solennités :

après avoir servi les malades de ses royales mains, alimenté et consolé les pauvres, il retrouvoit sa dignité dans l'assemblée de ses barons et des princes étrangers, dont il étoit le modérateur et le guide. Libéral et magnifique selon les mœurs de son temps, il ne prescrivoit à ses largesses que les limites de la justice et du discernement; que dirai-je enfin? il offroit le rare, le prodigieux spectacle du plus sublime génie et de la plus aimable simplicité, du plus puissant des rois, et du plus humble des chrétiens.

Un législateur devient, s'il est permis de parler ainsi, le créateur de la nation dont il polit les mœurs, dont il fixe les destinées. Il assure à cette nation l'existence, en lui léguant les fruits de sa pensée: aussi l'antiquité païenne érigea des autels, décerna des statues à ces êtres extraordinaires qui sembloient participer de la Divinité, parce qu'ils étoient les organes de la raison éternelle, et qui ne tenoient de l'humanité qu'autant qu'il étoit convenable pour connoître ses maux et y appliquer le remède. L'histoire nous a conservé le souvenir de leurs travaux pour le bonheur du genre humain : elle nous apprend à ne prononcer leurs noms qu'avec un respect mêlé d'attendrissement, de reconnoissance et d'amour.

Pour gagner des batailles et renverser des cités il suffit de la bravoure et souvent du hasard; mais il faut quelque chose de divin pour rassembler des hommes en corps de nation, pour leur donner des lois utiles, et pour empreindre ces lois du sceau de la durée, qui est la pierre de touche de leur utilité. Le titre de législateur, associé au titre de monarque, en a toujours rehaussé la splendeur; et, quand un roi allie à l'accomplissement des devoirs de la royauté le mérite de corriger, de perfectionner la législation de son empire, le diadème dont sa tête est ornée en reçoit un nouvel éclat. Saint Louis jouit pleinement de cet avantage : il donna à la justice une véritable consistance; il imprima aux lois civiles ce caractère de raison immuable qui en est tout le fond, et aux lois criminelles cette proportion de la peine au délit en quoi consiste la sagesse. Il recueillit dans le Code de Justinien, découvert depuis peu, dans les Canons des conciles, dans les Décrétales des papes, dans les Assises du royaume de Jérusalem, et dans des Coutumes innombrables, tout ce qu'il y avoit de plus lumineux et de plus propre aux circonstances, pour composer ses *Établissements*, après avoir consulté dans les villes et dans les villages des *prud'hommes à l'abri de tout soupçon.*

On ne connoissoit guère dans les contestations et les querelles que l'usage des duels judiciaires; usage qui constatoit l'impossibilité d'obtenir justice de la part des hommes, et la croyance d'une intervention formelle de la Divinité en faveur de la bonne cause et de l'innocence; usage qui joignoit au ridicule la barbarie et la férocité; usage que des pontifes avoient eu la foiblesse de consacrer au nom de la religion. Saint Louis ordonna que désormais on ne pût, excepté dans un petit nombre de cas, recourir aux armes et présenter le gage de bataille : il substitua les preuves par témoins ou par titres, selon le droit écrit. Il s'étoit flatté d'abolir insensiblement le duel; hélas! il ne parvint pas même à le restreindre. Tristes et déplorables effets de nos préjugés, qu'il est difficile de les déraciner entièrement!...

Les guerres particulières étoient fréquentes, et pour les moindres sujets. Saint Louis opposa des digues à ce torrent dévastateur : il introduisit *la trêve de Dieu*, *la quarantaine du roi*, et *l'assurement*, qui peut être regardé comme un des plus forts remparts contre ces horribles hostilités. Celui qui craignoit quelque insulte mettoit sa personne et ses biens sous la sauvegarde des lois; et si son adversaire osoit l'attaquer, il étoit puni de mort.

Le pouvoir judiciaire, départi entre les cours seigneuriales, qui étoient tout ensemble la loi, la partie et le juge, devenoit une source inépuisable de déprédations et d'iniquités. De là la tyrannie des feudataires et l'oppression des vasssaux; de là la confusion dans les jugements et l'incertitude dans les propriétés. Saint Louis accorda la permission d'appeler à ses tribunaux, favorisa puissamment ces sortes d'appels, attira tous les procès dans ses cours; montra la magistrature judiciaire sous des formes plus respectables, prononçant ses arrêts par des organes plus dignes d'elle; et prépara, par tous les moyens, la chute des justices subalternes.

Avant lui le code criminel étoit un véritable chaos. Il n'y avoit pas plus de gradation dans les châtiments que de suite et d'harmonie dans les notions de criminalité. Il représentoit les archives de cruautés détestables rachetées par des cruautés non moins détestables. C'étoit un tarif arbitraire de ce qu'il en coûtoit pour obtenir le droit barbare de se livrer impunément aux plus affreux attentats. Saint Louis débrouilla ce chaos, en coordonna les éléments, fit disparoître, autant qu'il put, les dispositions injurieuses à la nature humaine. Il se montra indulgent pour les premières fautes, parce que, suivant lui, *on ne va pas du grand au petit*, *mais du petit au grand.*

Avant lui, nulle stabilité dans les valeurs monétaires; elles varioient sans cesse d'année en année, au gré du prince, souvent même des grands et des communautés religieuses. Un caprice suffisoit pour entreprendre des opérations financières qui renversoient de fond en comble la fortune de l'état et la fortune des particuliers. Saint Louis fixa le cours des monnoies; et, longtemps après, à chaque variation, c'étoient les réglements de saint Louis dont on demandoit l'exécution pour mettre un terme à l'avidité des traitants.

Les jeux de hasard étoient la ruine des familles; saint Louis en arrêta les ravages. L'usure dévoroit la substance du pauvre, elle le rongeoit jusqu'aux entrailles; saint Louis n'épargna rien pour détourner ce fléau; il chassa les usuriers, et força les juifs d'exercer des métiers honnêtes. Avouons que, s'il ne réussit pas complétement à détruire l'usure, c'est peut-être qu'il ne la considéra pas sous son véritable point de vue, et qu'il voulut aller trop loin. Le libertinage étaloit effrontément ses attraits séducteurs; saint Louis, dans l'impuissance de mieux faire, le contraignit au moins de se cacher.

Le monstre de la féodalité désoloit notre belle France, et l'exposoit à des révolutions continuelles, même à des changements de dynastie; saint Louis lui porta les premiers coups, et lui révéla sa foiblesse. Il l'attaqua par des actes généraux, mais voilés, et plus encore par des actes particuliers, pleins de vigueur et de force. Escorté de tout l'appareil de la victoire, il fit briller aux yeux de ses barons surpris l'image auguste de la majesté royale, destinée à les accabler de tout son poids. Il avoit blessé la féodalité au cœur, et il vit commencer sa longue agonie, dont les convulsions furent quelquefois terribles, et qui ne finit que sous le ministère du cardinal de Richelieu.

Les communes n'étoient comptées pour rien dans le corps politique; saint Louis, par ce qu'il fit en faveur du tiers-état de la province du Languedoc, prépara leur admission dans les parlemens, pour être consultées lorsqu'il s'agiroit de l'intérêt général. Il donna aux corporations des marchands une existence légale. Il pressa, il facilita l'affranchissement des serfs. Il confirma d'anciennes chartes, et rectifia celles qui avoient besoin d'être améliorées. Il régularisa les municipalités et ses rapports avec elles. Il supprima des impôts odieux, dont la perception étoit plus gênante que productive pour le trésor; il affermit par de bonnes ordonnances les tributs dont la conservation étoit reconnue indispensable; il alla même jusqu'à racheter à ses propres dépens plusieurs charges onéreuses qui pesoient sur les foibles. Enfin, n'aurai-je pas tout dit sur cet article en rappelant ces précieuses paroles, les plus belles peut-être qui soient sorties de sa bouche : « Nous défendons de grever notre peuple de nouvelles exactions, de tailles et de coutumes nouvelles, sans le consentement des états, ni de contraindre qui que ce soit de porter les armes sans cause nécessaire; » et surtout en rappelant l'admirable principe qui fut le mobile de sa conduite : *On n'est roi que pour rendre ses peuples heureux.*

Gloire à vous, illustre père des Bourbons, la France vous doit la législation la moins imparfaite qui ait été publiée dans ces siècles de ténèbres. Vos établissements et vos ordonnances, en lui assignant le premier rang parmi les états policés, vous ont élevé au-dessus de vos contemporains. Votre code, il est vrai, est aujourd'hui suranné; mais tout vieillit et tout s'use : il n'est point de lois, quelque bonnes qu'elles soient, qui ne tombent de vétusté. Les mœurs, en se renouvelant avec les générations, les rendent impraticables, et nécessitent des changements.

Ainsi, dès l'origine, il étoit réservé à l'auguste dynastie des Bourbons de nous gouverner par des lois sages; et s'il y a loin des ébauches de saint Louis aux institutions de Louis-le-Désiré, c'est que celles-ci sont appropriées *aux progrès toujours croissants des lumières* [1].

Serrons-nous donc comme en faisceau autour du trône de saint Louis; il n'est point de plus

[1] Préambule de la Charte.

sûr moyen de salut pour nous. Ce bon roi sera toujours une des plus fortes garanties que puissent nous donner ses descendants. Que ne doit-on pas attendre d'eux, puisque son sang coule dans leurs veines, qu'ils ont constamment sous leurs yeux l'exemple de ses vertus, et qu'ils l'ont choisi pour patron et pour modèle?

Les princes n'ont point de mission pour dicter des lois à l'Église, dont l'existence vient de Dieu; mais ils sont tenus de la protéger contre toute invasion, et de veiller à l'exécution des saints canons. La conviction de ce devoir produisit la *Pragmatique*, si propre à maintenir *le droit commun et la juridiction des ordinaires*, *selon les conciles généraux et les institutions des saints Pères*, pour parler le langage de Bossuet [1], et celui même du saint roi.

Il restoit à saint Louis de créer le droit des gens, ou plutôt de laisser à la religion le soin d'opérer cette merveille. A dater de cette époque, elle mérita à la lettre ce bel éloge d'un célèbre publiciste : *Nous devons au christianisme*, *et dans le gouvernement un certain droit politique*, *et dans la guerre un certain droit des gens*, *que la nature humaine ne sauroit assez reconnoître* [2].

[1] Discours sur l'unité de l'Église. OEuvres, t. xv, p. 534.

[2] Montesquieu, Esprit des Lois, liv. xxiv, chap. 3.

Saint Louis n'auroit point entièrement accompli ses hautes destinées s'il se fût borné à faire de bonnes lois et à publier un excellent code ; il falloit exécuter. Le plus difficile n'est pas de concevoir dans le silence du cabinet des plans magnifiques, de belles théories, de brillantes illusions pour des royaumes imaginaires, et d'enfanter, en rêvant, des abstractions platoniques; c'est, peut-être, d'en faire l'application. Quelle connoissance du cœur humain ne demande-t-elle pas! quelle justesse d'esprit! quel tact des convenances! quel ascendant! quelle souplesse et quelle fermeté! S'il se présente des obstacles imprévus, il faut les faire disparoître avant qu'ils soient devenus insurmontables et qu'ils en aient appelé d'autres à leur secours. Si les mœurs ne s'accordent pas avec la législation, il faut prévenir la lutte qui s'engageroit entre elles, et qui nuiroit à celle-ci. Quelqu'un l'a très-bien dit : Avant de faire des lois pour un peuple, il faut faire un peuple pour des lois. D'ailleurs, en politique comme en morale, une perfection fantastique sera toujours l'ennemie du bien. Dieu lui-même, dans l'ancien Testament, daigna s'accommoder à l'infirmité du peuple hébreu ; il ne lui donna pas des préceptes infiniment bons, mais des préceptes qu'il pouvoit supporter. Saint Louis, qui avoit moins visé à des conceptions hardies qu'à des règlements utiles, s'attacha à les faire suivre; et ses efforts ne restèrent point sans succès.

Des hommes recherchés dans tous les pays, ainsi que parle Joinville, furent chargés du dépôt des lois; des magistrats intègres et éclairés remplirent l'honorable emploi de *rendre bonne et roide justice;* et ceux qui étoient indignes de ces saintes fonctions en furent repoussés. Louis se souvenoit toujours que la surveillance est dans les attributions de la royauté, qu'elle est la première prérogative comme la première obligation des souverains. Il envoya partout des enquêteurs diligents pour réparer les torts; il maintint l'exactitude des formes judiciaires; il préluda, en quelque sorte, à l'établissement du ministère public, et fut constamment l'âme des tribunaux et leur règle suprême. S'il s'abstint, par délicatesse, de connoître des affaires criminelles et des affaires civiles où il avoit intérêt, il continua, à l'imitation de ses prédécesseurs, de s'associer aux pénibles fonctions des juges, dans les cas qui ressortissoient de sa juridiction. Assis au milieu des légistes et des conseillers du royaume, il écoutoit les plaintes des opprimés, et modéroit la violence et la rapacité des grands vassaux, sans acception des personnes.

Chêne sacré de Vincennes, que n'as-tu résisté aux ravages du temps! Nous aimerions à contempler avec un sentiment religieux de respect et d'admiration la place qu'occupa jadis le royal magistrat sous tes antiques rameaux, et à le comparer au vénérable patriarche de la terre de Hus, jugeant ses Arabes sous le portique de sa ville et à l'ombre d'un palmier.

Louis, qui rendoit la justice à tous, se la rendoit à lui-même avec impartialité. Il avoit posé le principe que nul ne peut être juge en sa propre cause ; et il ne s'en départit jamais à son égard. De là ces commissions indépendantes pour juger les procès qu'il avoit avec ses sujets, et pour faire des recherches sur les biens qu'il pouvoit posséder injustement à son insu. Quel homme que celui qui, comme Abraham, ne voulant point s'enrichir des dépouilles d'autrui et s'agrandir aux dépens de ses voisins, cédoit aux impulsions de l'équité, à la voix de la nature, à l'union de sa famille, ce que la puissance n'auroit pu lui arracher, ce que la politique lui ordonnoit peut-être de refuser ; ce qu'une crainte raisonnable de ces guerres opiniâtres qui ébranlèrent le trône pendant près de deux cents ans lui conseilloit de retenir ; ce que ses propres barons s'obstinoient à vouloir conserver par l'épée et la lance !

Cet amour pour la justice lui concilia le respect et l'estime de tous les princes de l'Europe. Dans les contestations qui s'élevoient entre eux, ils ne croyoient pas pouvoir mieux faire que de s'adresser à Louis et de réclamer son intervention. Ainsi il devint par sa vertu l'arbitre de tous les différends; et, pour me servir des expressions de Fénélon [1], il *eut la gloire d'être comme le père et le tuteur de tous les autres rois*. Que la force des armes acquière au vainqueur une autorité sur les états conquis et enchaîne les peuples à son char de triomphe, qu'y a-t-il d'étonnant et de merveilleux? mais cette autorité ne sera jamais aussi bien affermie, aussi solide que celle qui dérive de la bonne foi, de la sagesse, de la modération, seules bases inébranlables de la domination parmi les hommes. Les rois d'Aragon, de Navarre, de Naples, de Jérusalem; les comtes de Flandre, de Hainaut, de Champagne, de Toulouse, de Provence, s'en rapportèrent à ses décisions, et n'eurent qu'à se louer de son intégrité. Jamais la chair et le sang ne firent pencher dans ses mains la balance que lui avoit remise une confiance sans bornes; jamais il ne plana sur sa tête le moindre soupçon de partialité et d'injustice.

Pendant les divisions du sacerdoce et de l'Empire, Louis donna des marques éclatantes de déférence et de soumission au successeur de saint Pierre, mais il ne condamna pas en tout les prétentions de l'héritier des Césars; il ne voulut point

[1] Télémaque, liv. v, p. 130, t. I.

accepter la dignité impériale pour Robert, comte d'Artois, de peur de soumettre la couronne à la tiare; mais il blâma l'empereur d'avoir osé déposer le chef visible de l'église universelle : il refusa de recevoir le pape en France, parce qu'il *savoit que la cour de Rome étoit à charge à ses hôtes*, et qu'il craignoit de s'attirer un puissant ennemi sur les bras; mais il arma pour la défense du pape quand l'empereur tenta de l'assiéger dans Lyon; quelques égards qu'il eût pour l'empereur, injustement persécuté, il témoigna la plus vive indignation lorsqu'il apprit que ce prince tenoit en prison les évêques de France qui se rendoient auprès du saint-siége pour la tenue d'un concile, et lui écrivit une lettre où se peignoit tout entière la générosité de son âme : de quelque respect qu'il fût pénétré pour le premier vicaire de Jésus-Christ, il lui défendit de faire des levées de deniers sur le clergé pour alimenter le luxe et la mollesse des Romains, ou pour satisfaire son ressentiment. Il se donna tous les mouvements pour terminer la fatale division qui déshonoroit également le pontife et le prince, et qui scandalisoit l'Europe chrétienne. Il ménagea avec tant d'adresse les intérêts de l'un et de l'autre, que Frédéric l'appeloit *le défenseur des prérogatives royales;* et Innocent, *l'unique soutien de l'Église.*

Dans les démêlés du roi d'Angleterre avec la

commission des vingt-quatre lords, Louis fut choisi de concert pour être médiateur. On plaida devant lui la cause des peuples et des rois; et sa décision, à jamais mémorable, subsistera comme un témoignage irréfragable de sa profonde politique et de la justesse de ses vues. Sans dépouiller les sujets de leurs droits, il conservoit au monarque la plénitude de puissance dont il a besoin d'être investi pour empêcher le mal; et, tout en reconnoissant qu'un souverain ne peut opérer le bonheur des peuples qu'en régnant suivant les lois, il reconnoissoit aussi qu'un souverain qui est entravé dans ses desseins et lié dans ses opérations n'inspire point de respect et devient plus nuisible qu'utile [1]. Heureux les Anglais, s'ils avoient suivi le jugement de Louis! Que de maux ils se fussent épargnés! qu'ils eussent prévenu de déchirements et de commotions, sous prétexte de liberté, ordinairement incertaine dans ses avantages, éphémère dans sa durée, et toujours accompagnée de convulsions et d'orages!

Louis sentoit bien qu'il n'avoit rempli qu'une partie de son devoir en réglant les actions extérieures de ses sujets par des lois sages, et qu'il ne le rempliroit dans son entier qu'en établissant, qu'en affermissant le principe des lois dans

[1] Testament de Louis XVI.

le sanctuaire de la conscience, sur les bases éternelles de toute vérité et de tout ordre. Tous les gouvernements sont fondés sur la religion : elle est la pierre ferme sur laquelle ils trouvent leur consistance et leur solidité. Un état sans religion est un corps inanimé qui tend à sa dissolution : toutes les théories, tous les paradoxes, tous les systèmes contraires s'évanouissent devant le flambeau d'une saine raison, l'expérience de tous les siècles, et la pratique de tous les législateurs.

Le saint roi crut devoir communiquer quelques rayons de la splendeur qui environnoit le trône à cette religion sainte dont il recevoit un si ferme appui. Tout ce qui pouvoit la rendre florissante au dehors, et augmenter son influence aux yeux des peuples [1], fut mis en œuvre : églises bâties ou décorées, fondations de toute espèce, priviléges, dotations... Arrêtons-nous :... tout cela n'existe plus. Les choses de ce monde passent, Dieu seul est immuable, et sa religion comme lui. Pourquoi regretterions-nous des richesses dont nous n'avions que la dispensation? Pourquoi ne renoncerions-nous pas, en faveur du bien général, à des

[1] « Lorsque le culte extérieur a une grande magnificence, « dit Montesquieu, cela nous flatte et nous donne beaucoup « d'attachement pour la religion. Les richesses des Temples « et celles du clergé nous affectent beaucoup. » *Esprit des lois*, liv. XXI, chap. 2.

exemptions qui ne nous avoient été concédées que pour le bien général ? Pourquoi soupirerions-nous après un éclat emprunté qui pourroit nous être ravi de nouveau? Notre céleste apanage nous est laissé sans diminution ;... les puissances de la terre ne sauroient y toucher :... que nous faut-il de plus ?...

Saint Louis avoit une trop haute idée de la religion pour la faire servir uniquement de ressort à sa politique ; il la regardoit comme le plus beau présent de la Divinité, et il désiroit ardemment d'en procurer la jouissance à tous. Il étoit intimement convaincu que, si la religion fait notre bonheur dans cette vie, elle a pour premier, pour grand objet, la félicité de la vie future ; et il vouloit assurer à ses sujets un si précieux avantage : il la fit aimer et suivre ; il l'aima et la suivit lui-lui-même ; il ordonnoit, mais il pratiquoit. A l'exemple de son divin maître, il étoit le législateur et le modèle. C'est le *roi le plus saint qui ait jamais porté la couronne*, selon Bossuet [1], et le plus sincèrement adonné aux exercices de la piété véritable.

Venez contempler ce roi magnanime, ô vous qui supposez gratuitement que la religion rétrécit le génie, et qu'un homme pieux ne sauroit être

[1] Discours sur l'unité de l'Église. OEuvres, t. xv, p. 534.

un homme d'état! Dites-nous si Louis fut un esprit borné et un génie étroit? N'est-il pas vrai maintenant qu'il s'astreignit régulièrement à ces saintes pratiques que vous dédaignez tant? Ce sont ces exemples illustres qui, bien mieux que tous les livres ensemble, réconcilient l'esprit avec la dévotion.

La piété, je le sais, ne doit point empêcher un roi de travailler à la gloire et à la prospérité de ses peuples. Elle cesseroit d'être utile; elle ne seroit plus selon la science. *La piété*, dit Massillon, *ne doit être ni minutieuse ni ridicule, parce qu'elle deviendroit méprisable.* Mais pourquoi la piété d'un roi seroit-elle différente de la piété d'un simple particulier? La religion n'est-elle pas une dans son essence? change-t-elle de caractère suivant les conditions? Y en a-t-il une pour les potentats et une pour le vulgaire? Pourquoi seroit-il défendu aux souverains de se recueillir au pied de la croix de toutes les dissipations inséparables des grandeurs humaines, d'appuyer quelques instants sur son piédestal le fardeau dont ils sont chargés, et d'y puiser les forces dont ils ont besoin au milieu des traverses et contre de si grands obstacles? Le culte extérieur, sans doute, n'est point à lui seul la piété, mais il y conduit, mais il en est le symbole; et un roi n'est-il pas obligé de protéger tout ce qui est *honnête et pieux*, par sa conduite aussi bien que par son autorité? Louis ne se seroit-il pas écarté des voies de la sagesse en frondant les opinions de son siècle? Ne seroit-il pas devenu un sujet de scandale, un objet d'horreur et d'aversion? Auroit-il été plus excusable de consumer en vains amusements un loisir qu'il accordoit à la prière et aux bonnes œuvres? Qui oseroit le penser?

Saint Louis n'oublioit rien dans sa sage prévoyance, et son génie créateur, dans son immense étendue, embrassoit non-seulement toutes les branches de l'administration publique, mais encore les plus sûrs moyens de les améliorer et de les perfectionner. Qui ne sait que la plupart des maux nous viennent de l'ignorance, et que ces grands désordres qui affligent l'espèce humaine ont pris naissance dans la profondeur des ténèbres de l'âme? Quand nos premiers parents désobéirent à l'Éternel, ils tombèrent dans un abîme d'ignorance, et le flambeau de la raison ne jeta plus que quelques lueurs pâles et incertaines; quand le Verbe de Dieu descendit du sein de son père pour nous racheter, son premier bienfait fut de dissiper nos ténèbres et de nous offrir le secours de sa lumière pour guider nos pas dans la carrière de la vertu, jusqu'à ce que nous soyons éclairés par le soleil de justice. Jamais le vrai savoir en lui-même ne fut nuisible aux hommes : on en a souvent abusé comme de tout ce qu'il y a de meilleur; mais l'accuser du mal qui a été commis en son nom et par l'abus qu'on en a fait, n'est-ce pas en accuser Dieu lui-même dont il est un présent? Qu'est-ce qu'un peuple qui ne connoît pas ses devoirs et qui végète dans l'abrutissement des facultés intellectuelles? Malheur aux nations privées de cet astre bienfaisant du savoir et du génie, soit qu'il n'ait jamais lui sur elles, soit qu'il ait disparu dans ces terribles catastrophes qui finissent toujours par des débris et des ruines.

J'en appelle à votre témoignage, Messieurs: qui connoît mieux que vous l'utilité des lumières, qui mieux que vous sait apprécier les avantages de la littérature? Le danger n'est-il pas constamment dans l'abus, et jamais dans la science? Qui ne rediroit, comme le pieux auteur de l'*Imitation* : « Il ne faut point blâmer la science, ou toute autre connoissance simple qui est bonne en soi et dans l'ordre de Dieu; » mais qui n'ajouteroit avec lui : « Il faut toujours préférer une conscience pure et une vie vertueuse [1] ? »

Le règne de saint Louis fut une époque honorable pour les belles-lettres. Il présagea de loin ce qu'elles seroient un jour sous quelques-uns de

[1] Imitation de Jésus-Christ, liv. 1, chap. 3, nº 4, traduction de Beauzée dans la *Bibliothèque religieuse*.

ses successeurs : telle une lampe allumée répand quelque clarté dans l'obscurité de la nuit, en attendant que l'étoile du matin apparoisse dans tout son éclat. Les savants, de quelque pays qu'ils fussent, recevoient à la cour un accueil favorable; le roi se plaisoit à discourir avec eux. Des livres achetés à grands frais, de tous côtés, formoient à la Sainte-Chapelle une bibliothèque précieuse et considérable. C'est là que Louis se rendoit fréquemment pour se nourrir de la lecture des meilleurs ouvrages, et qu'il étonnoit les docteurs eux-mêmes par l'étendue et la variété de ses connoissances. C'est là qu'il suggéra à Vincent de Beauvais l'idée d'une espèce d'encyclopédie méthodique dont le plan n'est point à mépriser, depuis même qu'il a été surpassé. L'Université s'enrichit par l'association des religieux mendiants. Elle entendit dans ses chaires les Bonaventure et les Thomas d'Aquin. On bâtit la Sorbonne : cet établissement proclame hautement la munificence du roi autant que la piété de son confesseur, Robert Sorbon, qui en fut le fondateur.

Nous la revoyons cette célèbre école, surnommée le concile perpétuel des Gaules, reprendre son ancien lustre et se préparer à donner encore des leçons à l'église universelle. Oui, nous osons l'espérer, le temple d'Esdras qui s'élève sous nos yeux ne nous fera point regretter le temple de

Salomon qui s'est écroulé. La Faculté conservera avec soin les dernières étincelles du feu sacré qui menace de s'éteindre; elle propagera les antiques traditions qui sont la gloire du sanctuaire et la sauvegarde des empires.

Resserré par le temps dans des bornes étroites, j'ajoute quelques traits, et je finis. Louis se montra magnanime jusque dans les plus tendres sentiments de son cœur. Il affectionnoit sa mère, cette reine accomplie, cette reine incomparable, dont on a partout et dans tous les temps célébré les louanges, à laquelle il devoit plus que l'existence et la couronne; cependant, lors de sa mort, après avoir laissé pendant deux jours un libre cours à sa douleur, il se rendit à la voix de la religion et de l'amitié, il consentit à reprendre le maniement des affaires. Il aimoit le comte d'Anjou, son frère, pour qui il fit les plus grands sacrifices; mais il aimoit encore plus la justice: *Croyez-vous,* lui disoit-il dans une occasion importante, *croyez-vous être au-dessus des lois, parce que vous êtes mon frère?* Il chérissoit Marguerite de Provence son épouse, en qui les qualités brillantes de l'esprit et du cœur relevoient la beauté; mais parce qu'elle étoit impérieuse et hautaine, il ne voulut point lui confier la régence pendant son premier voyage d'outre-mer, de peur qu'elle ne s'en servît pour satisfaire son ambition; et il ne lui laissa jamais qu'une autorité précaire et subordonnée à la sienne et à l'assentiment des *grands de l'état.* Il étoit attaché à ses parents; mais quand ils avoient forfait à l'honneur il ne les épargnoit pas plus que les autres : témoin ce fameux Couci, son ami intime, à qui il ne pardonna qu'à force de sollicitations, et dans la vue d'un plus grand bien. *Enguerrand,* lui dit-il, *si je savois certainement que Dieu m'ordonne de vous faire mourir, toute la France, ni la parenté qui nous unit, ne vous sauveroient pas.* Il étoit affable et généreux envers ses courtisans et les barons de son royaume; mais il sut toujours les contenir, et ne leur accorda de grâces qu'autant qu'ils les méritoient. Il sembloit avoir fondé son trône sur cette maxime devenue si célèbre : *La justice est la bienfaisance des rois* [1]. Il avoit de la bienveillance pour le clergé; mais s'il le préserva des vexations étrangères, s'il le combla de biens et d'honneurs, il ne réprima pas moins sévèrement ses entreprises, il ne le força pas moins de contribuer aux charges qu'il étoit tenu d'acquitter à proportion de ses richesses. En se relâchant de ses droits il pourvut sagement aux conséquences qu'on auroit pu tirer contre lui des concessions qu'il ne faisoit que par pure libéralité. En faisant respecter les ministres des autels il

[1] Panégyrique de saint Louis, par le cardinal Maury.

exigea qu'ils respectassent eux-mêmes les règles de la morale et de la discipline ecclésiastique. Quand l'évêque d'Auxerre, au nom de ses collègues, supplia le saint roi de contraindre, par la perte des biens, les excommuniés à demander l'absolution, dans un an et un jour, Louis déclara avec fermeté qu'il vouloit examiner préalablement les causes de l'excommunication, et savoir si la sentence étoit juste, parce qu'il ne convenoit point de condamner des hommes qui n'avoient point été entendus dans leur défense, et qui pouvoient être opprimés plutôt que coupables. Il aimoit ses enfants; mais l'amour qu'il avoit pour eux ne lui faisoit point oublier son peuple : c'est pour cela qu'il disoit au prince Louis, qui mourut en bas âge : *Mon cher fils, je te prie de te faire aimer des peuples de ton royaume; j'aimerois mieux qu'un prince étranger le rendît heureux que si tu le gouvernois mal :* c'est pour cela qu'il légua à Philippe-le-Hardi ces admirables préceptes, ce testament spirituel, le plus bel héritage qu'il ait pu transmettre à sa maison, suivant l'expression du grand Dauphin, élève de Bossuet; le plus précieux monument de la piété d'un roi avant le Testament de Louis XVI.

Que manque-t-il à la gloire de saint Louis? Grand prince et législateur consommé, il obtint encore la palme des héros. Nous l'avons vu avec admiration se montrer juste et magnanime dans le gouvernement de son royaume, admirons maintenant sa justice et sa magnanimité dans les combats.

II.

Un éloquent prélat a écrit, dans le siècle dernier, pour l'instruction d'un prince de la plus haute espérance, sous la dictée de la raison et des grâces, que, si le roi pacifique, qui ignore la guerre, est infiniment supérieur au roi conquérant, qui manque des qualités nécessaires dans la paix et qui n'est propre qu'à la guerre, il est vrai de dire néanmoins qu'un roi qui ne sait gouverner que dans la paix ou dans la guerre, et qui n'est pas capable de conduire son peuple dans ces deux états, n'est, en quelque sorte, qu'un demi roi [1].

Personne ne sera tenté, je pense, de le dire de saint Louis. Il avoit, dès son enfance, fait l'apprentissage de l'art militaire dans les camps de son père, et de bonne heure il se vit contraint d'en faire usage pour la défense de ses peuples et le maintien de ses droits.

Le comte de Bretagne se révolte avec un parti nombreux qu'il entraîne dans sa défection. Louis va le combattre en personne ; il assiége, il prend la ville de Belesme; il y fait des prodiges de valeur qui promettent pour l'avenir un capitaine

[1] Télémaque, liv. v, p. 132, t. 1.

consommé, et cette promesse ne tarde pas à s'accomplir.

Le comte de Champagne, son parent et son vassal, est attaqué par une ligue forte et redoutable; Louis déclare, avant tout, qu'il ne traitera que quand les ennemis auront évacué la Champagne; il marche en toute hâte, à la tête de son armée; il opère sa jonction avec le comte, près de la ville de Troyes, et dissipe par sa seule présence, avec autant de facilité que le vent dissipe la poussière, des seigneurs entreprenants et audacieux, mais trop foibles pour résister long-temps à la prudence et à la valeur réunies.

Bientôt, c'est contre le comte de Champagne lui-même que Louis est obligé d'armer. Ce prince, romanesque par caractère, inconstant par intérêt, non moins fameux dans l'histoire par ses idées chevaleresques que par les charmes de son esprit et par son talent pour la poésie, ne s'attendoit pas à tant de promptitude et à tant de vigueur de la part de Louis. Il envoya solliciter la paix, et suivit lui-même de près ses ambassadeurs. Le roi ne la lui accorda qu'à des conditions honorables pour sa couronne et avantageuses au bien de l'état. Voilà le vrai talent du souverain : qu'est-ce que vaincre son ennemi, quand on ne sait pas profiter de la victoire ?

Vers la même époque, le midi de la France vit

saint Louis accroître la réputation de vaillant capitaine qu'il s'étoit déjà faite, et commander à la renommée de joindre désormais au récit de ses hauts faits les témoignages éclatants de sa magnanimité et de sa prudence.

Me préserve le ciel d'excuser les horreurs qui accompagnèrent ces guerres sacrées! Le ministre d'un Dieu de paix et de charité ne sauroit approuver l'extirpation de l'erreur par l'effusion du sang humain. Sans doute la religion de l'état a le droit d'invoquer sa protection et son appui pour n'être point troublée dans l'exercice extérieur de son culte; sans doute elle a le droit de demander qu'on lui laisse *passer son chemin*, pour parler avec Bossuet, *et achever son voyage en paix.* Mais vouloir que l'état fasse des prosélytes à la religion par la contrainte, c'est méconnoître la toute-puissance de cette fille du Très-Haut, qui n'a pas besoin d'un bras de chair pour se soutenir, qui s'est propagée au milieu des persécutions, qui s'est perpétuée sans le secours des puissances de la terre, contre la volonté même des puissances de la terre, qui a rejeté de son sein toutes les hérésies par la seule force de son institution et de sa nature. Vouloir que l'état emploie la violence pour repousser les arguments ou les sophismes des ennemis de la religion, c'est avouer qu'elle ne le peut par la raison, qu'elle n'a d'autre fondement que la politique des princes; qu'elle est plus à charge à l'état que l'état n'en reçoit d'avantages; qu'au lieu d'être le complément des lois, elle ne subsiste que par les lois : c'est vouloir qu'on lui accorde ce qu'on est en droit d'exiger d'elle.

Rendons gloire à Dieu. Saint Louis ne s'est jamais mépris sur les caractères de la religion; et, s'il sembla par fois payer le tribut aux préjugés de son siècle, l'histoire nous apprend que les atrocités exercées sur les Albigeois ne peuvent lui être imputées; qu'il en tempéra les rigueurs autant qu'il étoit en lui, et que, long-temps après, il s'occupoit encore d'en réparer les déplorables suites.

Les guerres ne duroient pas à ces époques désastreuses, parce que les seigneurs qui marchoient sous les drapeaux du suzerain ou du roi n'avoient d'engagement que pour une campagne; et que, quand elle étoit finie, il étoit impossible de les retenir davantage; mais elles se renouveloient souvent, parce qu'elles n'étaient que suspendues. Le roi d'Angleterre est attiré en France par le comte de La Marche, qui le flatte d'un vain espoir de conquête. Louis vole à leur rencontre : de nouveaux lauriers l'attendent, il s'empresse de les cueillir. Après les journées de Fontenay, de Taillebourg et de Saintes, où il avoit égalé en vaillance Philippe-Auguste à Bouvines, il se montre égal à lui seul en pardonnant à des rebelles qui, non-seulement avoient porté les armes contre lui, mais qui avoient encore employé le poison et le glaive des traîtres pour lui arracher la vie. Cependant il leur enlève les moyens de recommencer la guerre de sitôt, et s'empare d'une portion de leurs domaines pour les frais et les dommages qu'ils avoient occasionés par leur félonie.

Une plus brillante, une plus périlleuse carrière s'ouvre devant Louis, la guerre d'outre-mer. C'est là que ses talents militaires et sa magnanimité vont se développer aux regards attentifs de l'Asie, de l'Europe et de l'Afrique. La guerre d'outre-mer... A ce mot la prévention fait entendre sa voix, et s'empresse de m'interroger avec malignité sur ces expéditions lointaines. Je sais qu'on les blâme indistinctement et avec amertume; je sais aussi qu'on les justifie sans discernement et sans réflexion. Les préjugés, de part et d'autre, étouffent la vérité, et l'empêchent de se produire : on n'examine plus, quand on a pris son parti, que pour s'y maintenir. Ce n'est point ici le lieu d'entasser les raisons pour et contre; il seroit déplacé de discuter un point si long-temps et si savamment débattu; il le seroit encore plus d'afficher une opinion prononcée. Cependant je le dirai avec confiance : s'il est aisé de blâmer les croisades dans les excès qui les ont déshonorées, il est moins facile de faire méconnoître les biens qu'elles ont produits, et de prouver sans réplique que les inconvénients ne sont pas abondamment compensés par les avantages qui en sont résultés. Les disciples de Jésus crucifié ne pensent jamais qu'avec attendrissement à ces vastes entreprises, formées pour délivrer le tombeau de *leur divin maître* du joug des Infidèles, et en faciliter l'accès à ceux qui se faisoient un devoir de religion d'y apporter leurs hommages. La politique les considère comme des moyens dont les rois se servirent pour abaisser le pouvoir des grands, anéantir la féodalité, et rendre à leurs peuples une partie des droits qu'ils avoient perdus. Les adversaires eux-mêmes sont forcés de reconnoître que l'Europe est redevable aux croisades du progrès des lumières et de la civilisation; du perfectionnement des arts et de l'industrie; de la formation de la marine; de l'extension du commerce, et d'une multitude d'autres effets que quelques-uns d'entre vous, Messieurs, ont relevés avec tant de savoir et d'éloquence.

Faut-il ajouter, Messieurs, que les chrétiens d'Orient gémissoient sous le poids du plus dur esclavage, et appeloient de tous leurs vœux le secours des guerriers d'Occident pour briser leurs fers et *disperser leurs liens.* La charité, qui unit étroitement tous les enfants de la nouvelle alliance, pouvoit-elle permettre que ces vœux fussent repoussés? Falloit-il abandonner à leur destinée des malheureux qui tendoient des mains suppliantes vers tous ceux que distinguoit quelque ombre de puissance ou d'amitié, et qui les conjuroient avec des larmes amères de devenir leurs libérateurs? Les impulsions de la nature et de la grâce ne sont-elles d'aucun poids? Ce qui se passe sous nos yeux, depuis quelques années, dans une contrée de l'Europe, révérée parmi les nourrissons des muses, si célèbre parmi vous, Messieurs, n'est-il pas l'apologie des croisades? Qui osera réprouver ces élans généreux, enfantés par l'amour le plus ardent de l'humanité, par la conformité de croyance et par d'honorables souvenirs, pour replacer un peuple spirituel et valeureux au rang qu'il occupoit dans l'antiquité, et redonner à son Église le lustre dont elle brilloit aux beaux jours du christianisme? Qui osera condamner ce qu'approuvent tant de guerriers sans peur et sans reproche, la gloire des temps modernes; tant de publicistes instruits, tant d'écrivains illustres; ce qui obtient la sanction de l'opinion publique?... Que l'on compare et qu'on juge.

Toutefois, s'il n'entre pas dans ma pensée de me prononcer sur les croisades en général, me seroit-il défendu de rapporter sur les expéditions de saint Louis le jugement de ses conseillers les plus intimes et des personnages les plus éclairés de sa cour? Il est certain que Guillaume d'Auvergne, évêque de Paris, s'opposa constamment à la première, et ne cessa de lui en représenter les funestes conséquences; que Blanche de Castille n'oublia rien de ce que la politique peut fournir de plus décisif et de plus raisonnable, de ce que la nature inspire de plus tendre et de plus séduisant pour le détourner de son projet; que le pape Innocent IV interposa son autorité pour le faire changer de sentiment. Quant à la seconde, le sire de Joinville confesse ingénument qu'on disoit de son temps que ceux qui avoient conseillé au roi de se croiser avoient commis un péché mortel, parce que le royaume, qui étoit alors florissant au dedans et en paix avec ses voisins, ne fit qu'empirer depuis.

Quoi qu'il en soit, après avoir pourvu au gouvernement de ses états, et paré aux inconvénients d'une longue absence; après avoir réprimé les extorsions des gens de finances; après avoir satisfait à ce que lui commandoient sa conscience et sa piété, saint Louis s'embarqua à Aigues-Mortes, et fit voile vers l'île de Chypre qui avoit été désignée pour le rendez-vous des croisés. Je ne vous entretiendrai point de sa traversée et de son séjour à Paphos, à Famagouste, à Nicosie; je ne le vois plus que sur les rivages de l'Égypte.

Terre antique, berceau des sciences et des arts, théâtre glorieux des exploits des plus fameux conquérants; des Nabuchodonosor et des Alexandre, des Antiochus et des César : terre hospitalière, refuge de l'Homme-Dieu, saint Louis s'avance sur tes rives; il vient effacer les hauts faits des temps héroïques, et se montrer le fidèle disciple de Jésus-Christ mourant.

Le roi de France ordonne la descente; et, pour guider ses braves dans le chemin de la gloire, il passe dans une chaloupe et s'efforce de gagner les bords. Bientôt après, se dégageant de ceux qui veulent le retenir, il s'élance dans l'eau, couvert de son armure et l'épée à la main. Il arrive, il prend terre. Les musulmans tombent sous ses coups, ou fuient épouvantés. La terreur le précède et devance ses pas. Damiette abandonnée le reçoit dans ses murs. L'Égypte tremble devant lui, et les mameloucks courbent leur tête indomptable sous le joug qu'il leur apporte. Les sectateurs de Mahomet craignent pour leur religion ébranlée par ces terribles assauts. Ils se réunissent de toutes les parties de l'empire pour s'opposer à l'ennemi le plus redoutable qu'ils aient eu jusqu'alors. Vains efforts ! Tout cède à la valeur de Louis et à sa rare prudence. Après avoir surpassé tous les autres en sagesse dans les conseils, il les surpasse en courage dans les combats. Tout succès vient de lui, on n'éprouve de revers que quand on n'exécute pas ses ordres. Sans cesse tempérant par sa modération la pétulance des Français, et sans cesse réparant par sa présence d'esprit et par son intrépidité les fautes qu'ils ont commises, il a l'œil et la main à tout. Aussi prompt à exécuter que circonspect à entreprendre, on le voit tour à tour passer du sang-froid d'un général habile à l'impétuosité du plus vaillant guerrier.

Quelque différence qu'il y ait entre un panégyriste et un historien, la plus sévère impartialité n'est-elle pas le devoir de l'un comme de l'autre; et pourquoi ne relèverois-je pas ce qu'il peut y avoir de défectueux et d'imparfait dans mon héros? Pourquoi ne dirois-je pas que, dans le partage du butin, il déféra trop légèrement aux conseils du légat, *et défit les bonnes coutumes anciennes*, comme le lui reprocha Jean de Waleri?

Cependant on découvre le moyen de traverser un bras du Nil et de surprendre l'ennemi; Louis part: il est passé. Le carnage est horrible des deux côtés; mais l'avantage n'est point équivoque. La victoire s'est déclarée pour le roi. Les Égyptiens sont en fuite, et le comte d'Artois les poursuit au pas de charge. Ce jeune prince, emporté par sa bouillante ardeur, est déjà dans la Massoure. C'en étoit fait du sort de l'Égypte si la précipitation et la témérité n'avoient tout perdu.

O Dieu des armées ! c'est ainsi que vous vous jouez des orgueilleux enfants de la terre : quand vous leur accordez la puissance, vous fascinez leurs yeux, vous les livrez à l'esprit de vertige. Aussitôt qu'ils ont obtenu l'objet de leurs désirs, ils le laissent échapper par la plus inconcevable folie.

Les ennemis se ravisent : ils retournent sur leurs pas, et fondent sur la troupe du comte d'Artois. Louis est averti du danger de son frère; il brûle de voler à son secours. Ses chevaliers ont peine à l'arrêter. Bientôt d'aussi graves dangers le menacent lui-même; les Sarrasins l'attaquent avec une fureur incroyable. Seul, il se défend contre tous; seul il ramène ses gens au combat; et, les ralliant autour de lui, il leur communique une ardeur surhumaine qui les sauve ce jour-là.

Jamais roi de France n'avoit si vaillamment combattu et si justement triomphé. Peu de jours après même bravoure, même succès. Il délivre le comte d'Anjou, serré de près par les Sarrasins et déjà sans soldats.

Ce n'est pas à lui-même qu'il attribue de si glorieux avantages : *il a combattu les combats du Seigneur, et le Seigneur lui a donné de prévaloir sur ses ennemis*. Sur le champ de bataille Louis lève les mains au ciel, et remercie le Très-Haut de lui avoir accordé deux victoires dans la même semaine. De tout temps les héros chrétiens ont rendu grâce à Dieu des succès qu'ils ont obtenus, et se sont soumis dans leurs revers à ses impénétrables desseins... Des revers !... hélas ! il en étoit réservé pour Louis.

Que peuvent la prudence et la valeur contre tous les fléaux réunis ? Le Ciel les envoya pour éprouver le roi de France et lui offrir l'occasion de déployer sa magnanimité dans l'infortune et le malheur, comme il l'avoit déployée au faîte de la gloire et de la prospérité. La famine, la peste, avoient épuisé l'armée ; et les Sarrasins, qui surent en profiter, achevèrent de la ruiner. Il fallut parlèr de trêve ; Louis proposa de rester seul dans les fers, et de laisser partir ses guerriers.

O magnanimité toute semblable à celle du Fils de Dieu ! S'il est expédient qu'un seul homme soit sacrifié pour tout un peuple, Louis veut être la victime ; mais les Français étoient trop dévoués à leur roi, trop idolâtres de leur roi, qu'on me passe cette expression, pour ne pas rejeter sa proposition : ils auroient mieux aimé mourir que de consentir à une si honteuse lâcheté.

Un trait généreux est presque toujours suivi d'un autre : c'est que pour agir sur le cœur de l'homme il faut parler aux affections de l'homme ; c'est qu'une âme exaltée communique aisément sa chaleur et son enthousiasme. Les Français à leur tour prièrent l'auguste monarque de se sauver sur les galères; mais il leur repondit avec noblesse que, *s'il plaisoit à Dieu, il n'abandonneroit jamais ses enfants, et qu'il périroit avec eux.* Ce fait, attesté par le sire de Joinville, se trouve également dans un historien arabe. « Si le roi de France, dit-il, eût voulu se sauver, il en auroit eu la possibilité; mais il persista à demeurer à la tête de ses troupes et à les animer au combat; et, s'il consentit à mettre bas les armes, ce fut à condition qu'on accorderoit la vie aux Français. »

Rougissez donc de vos injustes préventions, ô vous qui vous imaginez que ce roi magnanime alloit dans des guerres lointaines entreprises suivant les préjugés vulgaires, prodiguant le sang de ses soldats et se jouant impudemment de la vie des hommes. Non, jamais capitaine ne prit des mesures plus judicieuses pour ménager ses troupes, et ne fut plus avare de ces coups téméraires qui compromettent une armée sans aucun succès réel. On ne le vit point se mettre à couvert au fort de la mêlée ou se retirer le premier du combat. Il lui étoit permis de dire qu'*il ne savoit point être spectateur quand ses gens s'exposoient, et qu'il lui appartenoit de donner l'exemple de la vaillance et de l'intrépidité.* Il mit tant de fois son corps *à l'aventure de la mort pour épargner le dommage* de son peuple, que le fidèle compagnon de ses armes, pendant dix ans, se plaît à les dénombrer au commencement de son livre, pour en instruire la postérité la plus reculée.

Lorsque le Sauveur du monde, livré à la fureur de l'enfer et des hommes, revêtu des marques sanglantes de sa royauté, parut devant les Juifs assemblés dans le Prétoire, le gouverneur de la Judée pour les Romains le désigna prophétiquement à l'admiration des races futures par ces paroles mémorables : *Ecce homo!* Et moi aussi je m'empare de ces paroles évangéliques pour attirer votre attention sur Louis, prisonnier du soudan : *Ecce homo!* Ce n'est plus un roi sur son trône, environné de splendeur et de majesté, commandant en maître à une cour florissante et qui ne cherche qu'à lui plaire, ni un preux chevalier volant au combat sur les pas de la victoire; c'est un héros d'une espèce plus relevée, qui raffermit sa gloire par la dernière épreuve que puisse subir la vertu sur la terre, et qui montre la magnanimité dans sa perfection. On l'outrage, mais il ne tarde pas à conquérir l'estime et la vénération : on lui commande, mais il n'obéit qu'autant qu'il le juge digne de son rang : on vient insulter à sa douleur, mais on n'auroit point de répugnance à recevoir ses ordres : on lui fait envisager la fin tragique du soudan égorgé par ses sujets, mais il ne la redoute pas. Dans cette étrange lutte, paroissant au-dessus de la nature humaine, il sert d'exemple aux captifs, et on le prendroit pour le chef des émirs.

Impatient de sortir de l'esclavage pour les besoins publics, Louis consent à un traité de paix. On lui demande d'en jurer l'observation, il est prêt à le faire, et tout semble terminé; on lui propose une formule de serment dont les expressions chrétiennes, mais grossières, offensent sa délicate piété, il ne peut l'entendre sans frémir. Vainement le chef des musulmans le presse et le menace, il la rejette avec horreur. Vainement ses propres officiers lui font les plus vives instances; vainement un pontife effrayé cherche à le gagner; il s'attendrit, mais il résiste constamment. Vainement on le charge de chaînes et on étale à ses yeux tout l'appareil d'un supplice cruel, il demeure inébranlable. Une si noble fermeté adoucit enfin le cœur de ses farouches ennemis, et ils cèdent à l'empire d'un grand courage et d'une grande vertu.

Le traité est enfin conclu; Louis est à Damiette au sein de sa famille. Toutes les conditions sont fidèlement remplies de son côté, sans l'être aussi exactement du côté des émirs. Quelques-uns de ses généraux se croient autorisés à profiter d'une erreur de compte, et à retenir dix mille besans d'or. Ils se permettent d'en plaisanter en présence du monarque, qui s'indigne de leur tromperie, et leur ordonne de livrer sans délai la somme convenue. Il est résolu de ne quitter le Nil que quand ses promesses seront totalement acquittées. Ainsi Louis joint à la gloire d'avoir vaincu les Sarrasins quand il étoit dans leurs fers, comme sur le champ de bataille, celle de les vaincre en loyauté dans ses conventions avec eux, de vaincre ses courtisans et de se vaincre lui-même.

Je ne le suivrai point dans la Palestine, où il signale tous ses pas par des actions éclatantes. Et que de temps ne faudroit-il pas pour vous entretenir de sa tendre piété, de sa charité inaltérable envers les malheureux, des marques de déférence que lui donnent les princes de l'Asie; des ambassades qu'il en reçoit ou qu'il leur envoie; de son refus de contracter alliance avec le sultan de Damas contre l'Égypte, et de tant d'événements devenus célèbres dans les fastes de l'Orient. Mais puis-je passer sous silence qu'il fut le restaurateur des mœurs au milieu du débordement et de la licence? C'est par la discipline que les armées se conservent; la corruption en est le dépérissement et la ruine. Saint Louis en étoit si persuadé, qu'il porta peut-être jusqu'à la rigueur le châtiment pour la moindre infraction aux lois de la guerre. Mais comment auroit-il pu réprimer autrement les désordres de tout genre qui régnoient parmi les croisés, et qui excitoient les gémissements des gens de biens? Comment auroit-il contenu de nombreux voyageurs, en proie à la fougue des passions les plus dissolues, et que l'impunité auroit encouragés dans leurs crimes?

Puis-je passer sous silence un trait remarquable de magnanimité? Durant le trajet de Tyr en France, la flotte du roi essuya une horrible tempête; la quille du vaisseau sur lequel il étoit monté *fut grandement endommagée*. Les pilotes les plus sages et les plus expérimentés lui conseillèrent de descendre, mais il n'en voulut rien faire; il aima mieux confier sa personne et sa famille à la merci du Seigneur, que de laisser dans l'île de Chypre plus de cinq cents hommes qui n'auroient pas eu le moyen d'acheter un autre vaisseau.

A son retour, on vit avec douleur que saint Louis ne quittoit pas la croix, et que ses projets n'étoient que suspendus. En effet, tandis que d'une main il bâtissoit un hospice pour les pèlerins que le climat d'Égypte avoit rendus aveugles, il brandissoit de l'autre la redoutable lance qui appeloit à de nouveaux combats. Tandis qu'il travailloit de toutes ses forces à corriger les vices qui s'étoient introduits dans l'administration et à cicatriser les plaies de l'état, il s'occupoit sans relâche de préparatifs militaires. Il fit de nouvelles levées; il envoya dans toute la chrétienté pour enflammer les princes d'un généreux enthousiasme, et pour réveiller l'ardeur des chevaliers : il réunit tout ce qu'il put d'hommes et d'argent, et il partit pour les côtes d'Afrique, contre l'avis des évêques et des barons réunis, séduit, dit-on, par l'espérance de convertir à la foi le roi de Tunis, mais, plus vraisemblablement, entraîné par des raisons de convenance et de haute politique qui nous sont inconnues.

Qui redira la magnanimité de Louis sur ces plages barbares, luttant contre la faim et contre la soif, harcelé par des hordes de brigands, plus encore par l'intempérie de la saison, par l'inclémence de l'air, par des besoins de toute espèce, et par des fatigues excessives?

A peine l'armée est-elle descendue dans une péninsule, malgré les efforts des infidèles, qu'elle est exposée à des attaques continuelles qui lui font un mal incroyable. Des nuées d'Africains s'acharnent à sa destruction, et ne lui laissent pas un instant de repos.

L'armée s'approcha de Carthage, dont il lui importait de s'assurer avant d'assiéger Tunis. Elle campa dans une plaine agréable et fertile où elle auroit pu se procurer tout ce qui étoit nécessaire à la vie, si le voisinage des montagnes ne l'avoit placée sous l'action immédiate de la réflexion du soleil, et si un océan de sable brûlant que les vents amonceloient, ne l'avoit, pour ainsi dire, ensevelie sous ses vagues.

Cependant ces fâcheux inconvénients et les infidèles même n'étoient pas les plus à craindre. Une cruelle épidémie s'étoit emparée de l'armée à son débarquement, et y causoit d'affreux ravages. Chaque jour voyoit périr des milliers de soldats; les chefs n'étoient point épargnés : tous languissoient dans le découragement ou dans les appréhensions de la mort. Le Roi seul les soutenoit, leur prodiguoit les soins les plus touchants, et leur disoit dans sa bonté : *Mes enfants, nous combattons pour la foi; ou nous vaincrons, ou nous serons martyrs de Jésus-Christ.* A la fin il fut attaqué lui-même : il sentit, à la première atteinte du mal, qu'il devoit se préparer à paroître devant Dieu. Qu'ai-je besoin de vous raconter tout ce qu'il fit dans ces derniers moments? Il n'est personne parmi vous, Messieurs, qui ne prévienne mon récit, et qui ne se représente par la pensée le saint roi sur son lit de douleur, redoublant de ferveur et d'humilité pour se rendre digne de celui qui fait régner les rois et qui les interroge dans sa colère.

O mort désastreuse! ô mort à jamais déplorable! elle mit le comble à la désolation des croisés. Rien ne peut égaler la profonde sensation qu'ils éprouvèrent dans ces terribles circonstances : l'arrivée du roi de Naples ne fit que l'augmenter. La consternation se répandit en un clin d'œil dans toutes les contrées de l'univers. Les chrétiens sentirent vivement la grandeur de leur perte par la joie même des infidèles, et par leurs réjouissances immodérées. En France, les barons et le peuple, la cour et la ville, l'armée et le clergé, furent comme frappés de stupeur et versèrent des larmes sincères de regret lorsqu'on vit apparoître, escorté de tant de cercueils, seuls restes des plus illustres chevaliers, le cercueil du bon, du pieux, du saint roi Louis; car c'est ainsi que tout le monde l'appeloit, et le jugement des contemporains a été confirmé par le jugement de l'Église et de la postérité.

Saint Louis avant sa mort pria pour la conservation et le bonheur de son peuple. Croirons-nous qu'il nous ait oubliés dans le sein de la gloire, et que la France ait cessé d'être l'objet de sa tendresse et de sa prédilection? Ah! s'il ne considéroit que l'opprobre dont nous nous sommes couverts, et cette série d'attentats et d'horreurs qui font frémir la nature, sans doute nous aurions à redouter qu'il n'employât son crédit auprès de Dieu que pour attirer sur nos têtes des foudres vengeurs. Mais n'est-il pas miséricordieux à l'exemple du Père céleste qu'il s'efforça d'imiter durant son exil ici bas, et avec lequel il est maintenant identifié pour jamais? Les terribles châtiments que nous avons éprouvés n'entreront-ils pas dans la balance à côté des forfaits que nous avons commis, pour leur servir de contre-poids? Ne nous fera-t-il pas grâce en faveur de sa famille qui occupe son trône, et qui règne en son nom? Nous faut-il une médiation plus puissante et plus agréable à ses yeux?

Comme il doit le chérir cet auguste rejeton qui marche sur ses traces avec tant de fidélité, et qui, en portant sa couronne dans le temps, s'attache à mériter de partager son trône dans les tabernacles immortels! Le plus fidèle compagnon de saint Louis disoit dans son style naïf : *Grand honneur à ceux de ses descendants qui le suivront pas à pas dans les sentiers de la justice et de la vertu!* Répétons de concert ces magnifiques acclamations; nous savons combien elles sont expressives et vraies. Grand honneur au descendant de saint Louis, qui n'a point dégénéré de la vertu de son père, qui a hérité de sa justice tout aussi bien que de son sceptre!...

O vous, tige sacrée des Bourbons, Louis-le-Confesseur! jetez du haut des cieux un regard de compassion sur l'empire des lis. Jadis vous ramenâtes la France à des sentiments de concorde et d'union: étouffez parmi nous tout germe d'animosités, tout ferment de divisions intestines. Inspirez-nous des pensées de modération et de paix. Aplanissez toutes les difficultés qui s'opposent à une réconciliation parfaite et durable. Que nous n'ayons tous qu'un cœur et qu'une âme comme nous n'avons tous qu'une patrie et qu'un roi! Que nous respections la seconde majesté, ainsi que l'appelle Tertullien, dans l'intention de servir la première, la suprême majesté, non-seulement par crainte, mais encore par principe de conscience.

Amen.

www.ingramcontent.com/pod-product-compliance
Ingram Content Group UK Ltd.
Pitfield, Milton Keynes, MK11 3LW, UK
UKHW020400220726
13923UKWH00004B/1664